군을 말하다

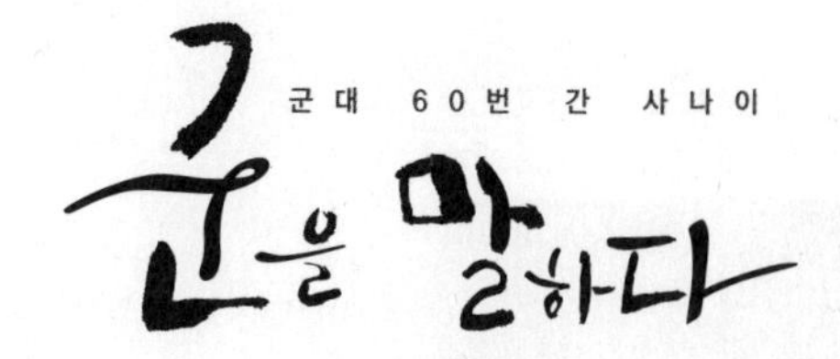

별책부록

국내 10대 방산기업을
읽고 보는 사진 에세이

양낙규 글

이케이북

추천사

2011년 4월 합동참모의장으로 머나먼 아프가니스탄 오쉬노 부대 차리카 기지를 방문했다. 당시 양낙규 기자는 지뢰와 테러가 도사리고 있는 작전구역을 장병들과 동행 취재하겠다며 방탄조끼를 입고 있었다. 궁금했다. 그래서 "여기까지 와서 힘들고 위험한 취재를 하는 이유가 뭐냐"고 물었다. 양 기자는 "기사는 발로 쓰는 것이고, 또 장병들과 함께 하고 싶었다"라고 말했다. 쉽지 않은 그의 도전은 아직도 진행형이다. 언제나 장병들과 함께하는 기자로 남아주었으면 한다.

—한민구 국방부장관

국방 전문기자가 몸으로 쓴 글이다. 병사들에 대한 무한한 애정과 신뢰가 배어 있어 더욱 감동적이다. 군에 갔다 온 대한민국 남성은 대부분 자신의 경험에만 갇혀 있다. 양낙규 기자의 체험은 대한민국 군을 입체적으로 담아냈다. 책을 손에 넣는 순간 남성들은 자신이 근무했던 부대부터 찾아보게 될 것이다. 그래서 이 책은 대한민국 군의 어제와 오늘이다. 그리고 오늘도 땀 흘리는 병사들의 숨소리를 통해 우리 군의 밝은 미래도 엿볼 수 있다. 이 책이 병사들에게는 위로가, 일반 국민들에게는 대한민국 군부대 안내 필독서가 되길 바란다.

—김영우 국회 국방위원장

양낙규 기자를 처음 만난 것은 2009년이다. 진정한 프로페셔널 국방 전문기자가 되겠다며 위험하고 힘든 현장취재를 마다하지 않는 모습이 인상적이었다. 필자의 웹사이트(유용원의 군사세계) 오프라인 모임에까지 참석해 군사마니아들과 직접 소통하기도 했다. 양낙규 기자는 그 뒤에도 변함없이 현장취재를 소홀히 하지 않았다. 그 노력의 결과물이 이 책이다. 우리나라 기자 중 양낙규 기자만큼 다양하게 군부대 현장 체험취재를 많이 한 기자는 없으리라 생각한다. 양낙규 기자의 노력에 경의를 표하며 앞으로도 초심을 잃지 않고 군과 함께하길 기원한다.

—유용원 《조선일보》 군사전문기자 겸 논설위원

전투부대 독한 훈련 8년째

"아빠 또 훈련가?" 새벽 3시 30분. 알람이 울린다. 요란한 알람 소리 탓인지 새벽잠에서 깨어난 아홉 살 딸이 눈을 비비면서 묻는다. 딸은 군복을 입고 군사훈련을 받는 것이 필자의 직업이라고 생각한다.

새벽 버스에 올라 훈련을 체험할 군부대 시간표를 확인하는 순간 나도 모르게 한숨이 나온다. "누구를 위해 이 고생을 하는 거지?", "언제까지 훈련을 받아야 할까?", "아무도 모를 텐데 그냥 훈련을 받은 것처럼 기사를 쓸까?"

고민에 고민을 해보지만 몸은 어느새 훈련장에 도착해 있다. 훈련은 시작됐다. 숨이 턱까지 차오르고, 군화는 바닥에 붙어 떨어지지 않는다. 땀으로 젖은 군복은 몸에 착착 감겨 무겁다. 군화에 들어간 조그마한 돌 조각은 훈련 내내 거슬린다. 점심이다. 한여름에 배식 받은 뜨거운 찌개로 목을 축인다. 시원한 그늘 아래 누워 있으니 잠이 솔솔 온다. 하지만 어김없이 오후 훈련을 알리는 호루라기 소리가 울려 퍼진다.

훈련을 마치고 탑승한 심야 버스는 고요하다. 아무런 생각도 나지 않는다. 하지만 노트북을 켠다. 내일이면 이 느낌을 글로 옮길 수 없다는 압박감 때문이다. 한 문장 한 문장 이어가지만 쏟아지는 졸음에 곤혹스럽다.

집에 도착하자 아내는 아무렇지도 않게 군복을 세탁기에 집어넣고 묻는다. "다음 훈련은 언제 갈 거야?"

다음 훈련을 어디로 갈까? 또 다시 고민에 빠진다. 오늘 받은 훈련을 다시 생각하고 싶지 않지만 같이 훈련을 받았던 장병들의 초롱초롱한 눈빛은 잊을 수 없다. 행군을 같이 한 김 병장, 유격을 같이 받은 이 일병, 헬기에 같이 오른 정 대위. 그들은 나에게 한결같은 눈빛으로 말한다. "우리가 있기에 조국이 있고, 조국이 있기에 우리가 있다고."

오늘도 나라를 위해 구슬땀을 흘리고 있을 이들에게 박수를 보낸다. 군 장병들과 관계자들이 이 책을 통해 각 병과를 이해하고 타군을 이해하는 데 조금이나마 도움이 되길 바란다.

2016년 9월

국방부 기자실에서

양낙규

목차

똑똑해진 박격포, 두뇌를 달았다

S&T중공업

설립일 _ 1959년 4월 1일

대표 _ 김도환

사업내용 _ 궤도차량용 구동장치, 중구경 총포류 외

홈페이지 _ http://www.hisntd.com

전술이 다양해지면서 박격포는 더 높은 성능을 요구받기 시작했다. 새로운 박격포 제작에 가장 먼저 도전장을 던진 국내 방위산업체는 S&T중공업이다. S&T중공업은 2008년 아시아 최초로 120밀리미터 강선형 자주 박격포 모듈 개발에 착수했다. 독자 개발 2년 만에 시제품이 나왔다.

2014년에는 방위사업청이 S&T중공업의 120밀리미터 박격포 성능 검증을 마치고 2019년까지 전력화하기로 계약도 체결했다.

S&T
S&T

6·25 한국전쟁 당시 미군은 일제시대 일본군이 버리고 간 소총을 쓰던 우리 군에 4.2인치 박격포를 지원했다. 이후 우리 군은 이 박격포를 토대로 KM30 박격포를 개발했다.

KM30 박격포는 대부분 보병연대 직할의 전투지원중대에서 운용하고 있지만, 기동성을 중시하는 부대에서는 'K-532' 다목적 전술차량이나 'K-200A1' 장갑차에 탑재해 운용하는 중이다.

박격포에 두뇌를 집어넣다

34제곱미터10만 평 규모의 S&T중공업 창원공장은 얼핏 일반 제조공장과 별 차이가 없어 보였다.

하지만 방위산업을 담당하고 있는 제1공장 입구에 도착하자 분위기는 금세 달라졌다.

야전부대에서나 볼 수 있는 포열이 쌓여 있는 모습이 마치 야전부대 무기 창고 같았다.

미로처럼 생긴 공장 안으로 깊숙이 들어가자 한편에서 한국군이 사용할 육중한 몸매의 120밀리미터 강선형 자주 박격포를 볼 수 있었다.

박격포 모듈이란 박격포와 사격통제장치 등 관련 장치들을 하나의 세트로 구성해놓은 것을 일컫는다. 이번에 개발하는 120밀리미터 박격포 모듈은 사격통제장치와 항법장치, 포제어장치 등 최첨단 구동 시스템을 120밀리미터 박격포 무장 부분과 합친 것이다.

이 박격포 모듈은 복합항법장치GPS/INS와 사격통제장치를 이용해 공격 목표 지점과 박격포 위치를 정확하게 인식해 자동으로 포의

특수사업

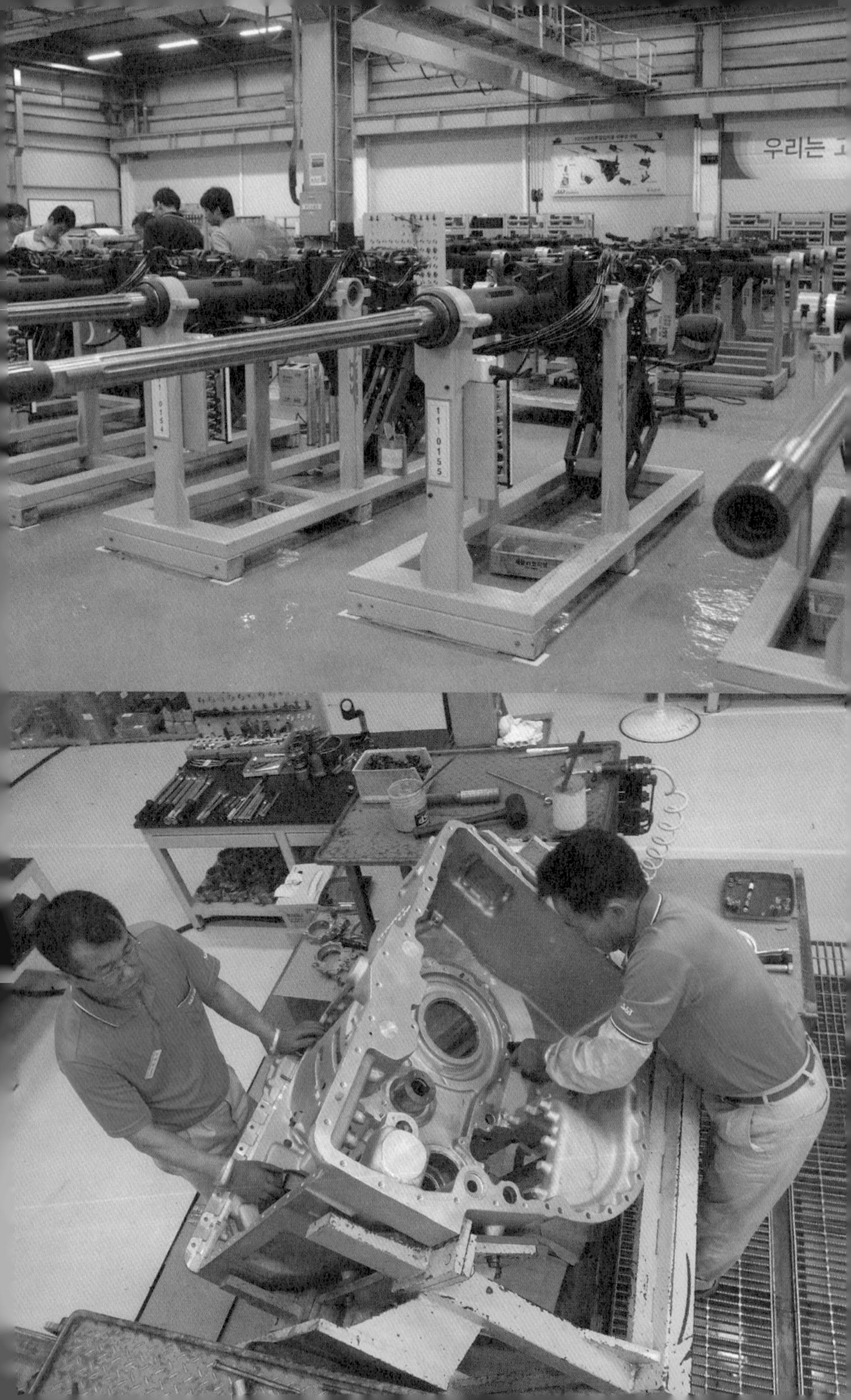
우리는
11 0155

방열각조준각과 사거리를 계산하도록 설계되어 있다. 관측병이 특정 지점의 표적 좌표를 제공하면 '두뇌' 역할을 수행하는 사격통제장치가 미리 입력된 기상 상태와 풍속, 풍향 등 데이터와 조합해 오차 없이 표적을 향해 포신을 자동으로 발포한다.

120밀리미터 박격포가 야전부대에 배치되면 앞으로는 핵심 보직으로 손꼽히던 '계산병'은 필요 없게 된다.

설명을 듣고 나니 눈앞에 서 있는 박격포가 마냥 똑똑해 보였다.

공장 관계자는 120밀리미터 박격포 생산 과정을 볼 수는 없지만 같은 방식으로 생산되고 있는 포가 있다며 필자를 이끌었다.

바로 40밀리미터 포열 생산라인이었다.

일렬로 나열된 포열은 검정색과 은색 2가지 색깔이었다.

도금 차이였다.

은색 포열은 바람과 녹을 방지하는 도금 작업을 마친 포열이었다.

옆 공정 라인에서는 포열에 구멍을 내고 있었다.

포열은 처음에는 그냥 쇳덩이에 불과했다. 하지만 스웨이징swaging 기계 안에 들어가자 4시간 만에 4미터 길이의 포열에 구멍이 뚫렸다. 포열 구멍 안에는 강선도 생겼다. 강선은 포열 안에 원을 돌려가며 홈을 파서 발사된 포탄이 회전을 하게 만든다.

포탄이 회전하는 것은 소총과 같은 원리다. 120밀리미터 박격포를 개발한 국가는 20여 나라에 달하지만 강선 방식을 사용한 국가는 우리나라가 유일하다. 강선 방식을 택하면 포의 명중률은 더 높아진다. 강선형 박격포탄은 탄체가 포신의 강선과 맞닿아 걸리는 회전을 통해 자세를 안정시킬 수 있다.

공장을 둘러보고 나오자 본부 건물에 걸어놓은 문구가 눈에 들어왔다. '2015년은 경쟁력 우위 확보의 해' 도전장을 내걸고 국내 순수 기술로 세계 방산 수출 시장 점령에 나선다면 우리 방산기업들도 곧 경쟁력 우위를 확보할 것이라는 희망이 보였다.

기업 도약하자

지상전의 최강자 소총의 진화

S&T모티브

설립일 _ 1981년 12월

대표 _ 유기준

사업내용 _ 차량부분품, 군수정밀기기 설계 제조

홈페이지 _ http://www.sntmotiv.com

박정희 대통령 시절 자주국방의 기치를 내걸고 설립된 조병창은 미국 콜트사와 협정을 맺고 M16 소총을 생산하면서 노하우를 축적했다. 이후 조병창은 1981년에 대우정밀공업현 S&T모티브으로 민영화되면서 소총 개발에 속도가 붙었다.

처음으로 독자 개발해 생산한 'K1 기관단총'도 우리 군에 보급됐다. 1984년부터는 한국형 제식소총 'K2'가 일선 부대에서 M16을 대체하기 시작했다. 현재 한국군이 사용하는 국산 소총은 모두 S&T모티브에서 생산한다.

임진왜란 한 해 전인 1591년에 조선의 국왕 선조는 전에 본 적 없는 선물을 받는다. 대마도주가 건넨 조총이었다. 당시만 해도 선조는 조총의 위력을 제대로 인식하지 못했다. 장전하는 데 시간도 많이 걸리고 명중률도 형편없을 거라고 보았다. 하지만 임진왜란 때 조총으로 무장한 일본군에게 조선군이 연패하면서 개인 화기에 대한 위력을 실감한다.

현대전에서도 개인 화기의 위력은 절대적이다. 하지만 예비군들의 38퍼센트는 아직도 6·25 한국전쟁 당시에 사용한 기종인 카빈총을 사용하고 있어 대책이 시급한 실정이다.

개인 화기의 역사

고려 말부터 화약을 사용하기 시작한 우리나라는 조선 선조 때에서야 승자총통을 개발했다. 무기 전문가들은 승자총통을 총보다 단순한 휴대용 화기로 평가한다. 본격적인 총의 형태를 갖추기 시작한 것은 조총이다.

임진왜란 이후인 1600년대 일본의 조총을 모방해 만든 조총은 화승총matchlock에 속한다. 화승총은 총열 내부에 점화용 화약을 담은 접시를 넣은 다음 방아쇠를 당기면 불이 붙은 화승이 화약 접시 속에 들어가면서 사격되는 구조다.

몇 해 전 인기를 끌었던 텔레비전 드라마 〈추노〉에서 눈길을 끌었던 화기도 조총이다. 사극에서 조총은 짧은 시간에 발사가 가능한 소총처럼 비춰졌다. 하지만 실제 조총의 발사 속도는 5분 이상 걸렸다. 한 발을 쏘면 총열을 청소하고 화약을 재장전해야 하기 때문이다. 하지만 활보다 살상력이 뛰어나고 배우기도 쉬워 조선은

서둘러 조총을 도입했다.

한국군이 보유한 최초의 소총은 광복 직후 미군이 일본군으로부터 압수한 38식, 99식 소총이다. 그 뒤 1948년 국군 창설 이후에 미군의 짧고 가벼운 M1카빈 소총이 보급됐다. 하지만 군인 출신인 박정희 전 대통령은 국방부 산하에 조병창을 세웠다. 우리 손으로 만든 총 한 자루 없이 6·25 한국전쟁을 치른 설움이 컸기 때문이다.

우리 손으로 만든 총

S&T모티브는 소총을 권총, 소총, 기관총, 저격용 소총 등으로 구분해 전장 환경에 맞게 개발하고 있다. 국산 권총인 'SDP9' 모델은 무게를 줄이기 위해 플라스틱 몸체를 사용하고 있다. 여기에 조

준경이나 플래시를 장착할 수 있는 레일 기능을 추가하고 사용자의 손 크기에 맞출 수 있는 두께 조절 기능까지 더했다.

소총은 총의 길이를 줄여 시가전에서 장병들의 편리함을 더했다. 대신 살상력을 높이기 위해 탄을 5.56밀리미터에서 5.7밀리미터로 바꿨다. S&T모티브는 전장 상황과 장병들의 임무에 맞춰 총열 길이를 교체할 수 있는 XK8을 개발했다. 미군의 70퍼센트가 사용하고 있는 벨기에 회사 FNH사의 소총도 총열 교환 방식을 쓰고 있다.

S&T모티브는 기관총에 총알을 나란히 붙여 탄통에 담아 발사하던 방식을 없앴다. 무거워 기동성이 떨어지기 때문이다. 대신 30발짜리 탄창을 장착할 수 있는 K3 기관총을 개발해 휴대성을 높였다. 2007년 필리핀이 총기를 수입할 때도 이런 방식을 선호해 벨기에 FNH사 대신에 S&T모티브를 택했다.

소총이 진화한다

2011년에 S&T모티브는 국내 최초의 저격용 소총인 K14을 개발했다. K14는 유효사거리를 800미터로 늘려 미군의 국방규격도 통과했다. 미군 국방규격을 통과하려면 총기의 명중 정밀도를 나타내는 단위인 1MOA를 모두 통과해야 한다.

1MOA 규격은 5발을 발사해 100야드는 1인치, 200야드는 2인치, 300야드는 3인치 안에 모두 명중해야 한다.

K14의 무게는 5.5킬로그램으로 현재 707특임대, 해군특수전 전대, 헌병 특임대에서 사용하고 있는 msg-90 저격소총6.4킬로그램보다 가볍다.

우리 군의 헬기와 전차에 장착된 미국산 M60을 대체할 K12 기관총도 눈길을 끈다. K12 기관총은 한국형 기동헬기 '수리온'에 장착됐다.

K12 기관총은 항공기 탑재용과 지상용 모델 구분이 없다. 항공기탑재 기관총을 분리해 지상에서도 쓸 수 있도록 만들어졌다. 종

열 교체도 쉽다. 손잡이를 돌려 교체하면 된다. 장병들은 그동안 총열이 뜨거워지면 두꺼운 장갑을 착용하고 총열을 분리해야만 했다.

지난해 육군에 처음 보급된 K11 복합형 소총도 우리 군의 뛰어난 기술력을 보여준다. 복합형 소총은 일반 탄과 폭발탄을 모두 발사할 수 있는 화기로 미국 등에서도 개발에 나섰지만 전력화에 성공한 것은 한국이 처음이다. 20밀리미터 폭발탄은 적의 머리 위에서 탄을 폭발시켜 숨어 있는 적이나 밀집된 병력을 제압할 수 있다.

가상의 공간에서 벌어지는 실제 전투

(주)네비웍스

설립일 _ 2000년 2월 8일

대표 _ 원준희

사업내용 _ 교육/훈련 시뮬레이터, C4ISR

홈페이지 _ http://naviworks.com

2000년도에 설립된 네비웍스는 2015년 가상의 공간에서 전술훈련을 할 수 있는 소부대전술훈련용 게임인 RealBX와 고정익기항공기, 회전익기헬기의 전술훈련을 할 수 있는 가변형 전술훈련 시뮬레이터 플랫폼인 RTTP를 개발했다. RTTP는 국내 최초로 한반도 지역을 1미터급 영상으로 표현할 수 있는 지도이며, 북한 지역도 그대로 표현된다.

쉽게 말해 기존의 시뮬레이터는 단순히 조종사들이 비행 훈련을 익힐 수 있는 1세대 시뮬레이터였다면, 네비웍스에서 개발한 시뮬레이터는 가상의 공간 안에서 다양한 시나리오를 설정해 전술훈련을 할 수 있는 2세대 시뮬레이터인 셈이다.

우리 군은 2018년까지 미국 보잉사의 아파치 헬기 36대를 도입할 예정이다. 군 당국은 2000년대 초부터 육군 공격헬기의 노후화에 따른 전력 공백을 보강하고, 북한군 기갑 전력과 공기부양정을 이용한 특수부대의 수도권 위협에 대처하기 위해 대형 공격헬기 도입을 추진해왔다.

현대전에서 공격헬기는 지상 화력은 물론 공군과 연합해 지상, 해상, 공중의 표적을 공격하는 역할을 수행하는 핵심 전력으로 꼽힌다.

공격헬기의 전력은 조종사의 숙련도에 따라 크게 달라질 수밖에 없다. 정지와 전진, 후진, 상하 이동이 자유로운 헬기의 운전 자체가 복잡한데다 돌발 상황이 많은 적진에서 자유로이 움직이려면 숙련된 조종 능력이 필요하다.

하지만 실제로 공격헬기를 조종하면서 연습하기에는 제약이 많다. 일단 비용이 문제다. 한 차례 운항하는 데 유류비와 무기 비용 등 천문학적인 비용이 소모된다. 이에 헬기 조종사들은 가상훈련을 실시한다.

헬기 조종사의 차세대 전술훈련 방식을 한눈에 보기 위해 경기도 안양 스마트퀘어산업단지에 위치한 네비웍스를 찾았다.

가상훈련의 산실 네비웍스

외국의 군대에는 전술훈련용 시뮬레이터가 이미 많이 보급되어 있다. 캐나다군의 경우 모의 전차 훈련을 실제 훈련과 함께 실시한 결과, 실제 훈련만 했을 때보다 훈련 능력이 40퍼센트 향상되고 훈련 비용도 6,000만 원 가까이 줄인 것으로 나타났다.

원준희 네비웍스 사장은 말한다. "전 세계에 우리와 동등한 기술을 보유한 회사는 미국의 L3사밖에 없다. 2025년 최소 100억 달러가 넘는 전술훈련 시뮬레이션 시장을 선점할 자신이 있다."

RealBX는 군과 함께 2012년 12월 개발에 나서 완성된 프로그램으로, 지휘관이 임무를 부여하면 장병들이 컴퓨터 앞에 앉아 3차원 입체 형식으로 구성된 가상 전투 환경에서 훈련하게 된다.

RealBX는 장병들이 야외 기동훈련을 하거나 실제 훈련장을 사용하기 힘들 때 개인이나 분대, 소대, 중대별로 과학화된 모의전투 훈련을 할 수 있도록 도와준다. 각종 시나리오에 따라 훈련을 진행한 뒤 끝나자마자 성과를 측정할 수 있다.

항공전술훈련시뮬레이터는 2012년부터 2014년까지 약 253억 원을 투자해 네비웍스 주관으로 양산해 전력화하는 장비다. 육군 항공 부대의 중대급 팀훈련 및 전술훈련을 위한 과학화된 훈련관리 체계다. 이 시뮬레이터를 사용한 결과 1회 훈련당 약 3억 원의 훈련 비용을 절감시키는 효과도 거뒀다.

시뮬레이터는 현재 육군이 운용 헬기의 모의 기능을 가진 시뮬레이터 6대를 상호 연동해 가상 환경에서 작전 계획을 수립하고 모의 전투가 가능하게 만든 장비다. 기존 시뮬레이터와 달리 국내 독자 기술로 개발됐다. 군의 항공 전술 운용능력을 향상시킨 세계 정상급 모의 훈련 체계다.

시뮬레이터 전력화로 항공 타격 작전과 공중 강습 작전 및 항공 지원 작전 등의 다양한 임무를 가상현실에서 반복, 집중 훈련하게 되어 팀워크 및 중대급 전술 능력을 향상시킬 수 있게 됐다.

게임인가, 훈련인가

네비웍스 1층 시뮬레이터실로 들어갔다.

건물 한가운데는 넓이 1,160제곱미터350평, 높이 12미터에 달하는 빈 공간이 있었고, 이곳을 사무실이 둘러싸고 있는 모양새였다.

빈 공간 1층에는 컴퓨터 40여 대가 책상 앞에 일렬로 늘어져 있고, 직원들이 게임을 하듯 가상의 공간 안에서 전차를 운전하고 있었다.

마치 PC방에서 나란히 앉아 게임을 즐기는 모습처럼 보였다.

이곳에서 전 직원 중 80퍼센트에 해당하는 개발 인력이 현실과 가까운 가상현실을 만들기 위해 다양한 시험을 반복한다.

1층 모퉁이에 위치한 사무실 문을 열자 RTTP가 한눈에 들어왔다.

좌석이 2개인 시뮬레이터 앞에는 좌우 6미터 길이의 스크린이 놓여 있고 좌석 좌우에는 10여 개의 디지털 모니터가 장착돼 있었다.

RTTP는 전술훈련 시뮬레이터이기 때문에 현재 육군에서 운영 중인 6대의 헬기를 아날로그 계기판 대신 디지털 계기판으로 동시에 구현할 수 있게 제작됐다.

스크린에 펼쳐진 헬기장에는 UH-60 수송헬기에 병력들이 올라타고 있는 모습이 한눈에 들어왔다.

병력들은 헬기의 작전 지역 투입을 엄호하는 임무를 수행하기로 했다.

헬기가 뜨자 스크린에는 한강과 경기도 남양주 시내가 펼쳐졌다.

비행장을 빠져나와 고도를 다시 낮추자 공장과 아파트가 스크린에 드러났다.

수송헬기를 따라 비행한 지 10분 정도 지나자 갑자기 폭음이 들렸다.

바로 전차전이 한창인 전장 지역에 진입한 것이었다.

스크린 속 수송헬기에서는 낙하산을 펼치고 장병들이 낙하하기 시작했다.

RTTP는 사람, 건물 등과 충돌하는 것을 모두 인지하는 것은 물론 대공포가 발사되면 상황을 그대로 묘사한다.

북 함정 잡아낼 해성의 산실

LIG넥스원

설립일 _ 1976년 2월 24일

대표 _ 이효구

사업내용 _ 유도무기, 수중무기, 레이더, 전자전, 항공전자, 전술정보통신체계, 사격통제, 계측기

홈페이지 _ https://www.lignex1.com

침투하는 적 항공기를 탐지해 격추하는 중거리 지대공 유도무기인 '천궁天弓'이 2015년 7월 하늘 높이 날아올랐다. 2011년에 이미 성능이 입증된 천궁을 최종 점검한 것이었다. 명중률은 100퍼센트. 우리 공군은 주력 지대공 유도무기로 쓰이는 미국산 '호크HAWK'를 대체하기 위해 2015년부터 10여 개 포대에 천궁을 실전 배치할 예정이다.

천궁을 만드는 곳은 국내 방산 기업인 LIG넥스원이다. LIG넥스원은 천궁 외에도 백상어·청상어·홍상어 등 각종 어뢰, '현무玄武' 지대지地對地 미사일, 각종 레이더, 전자전 장비 등을 생산하고 있다. LIG넥스원의 레이더 개발 역사와 한국 레이더의 개발 역사는 동일하다.

첨단 무기 경쟁의 현장을 가다

경상북도 구미시 낙동강변 산기슭에 자리 잡은 LIG넥스원 공장에 들어서려면 까다로운 보안 절차를 거쳐야 한다.

휴대전화 촬영을 막기 위해 카메라에 스티커를 붙이고 금속탐지기로 온몸을 검색했다.

정문을 통과해 본부 앞에 도착하자 여러 개의 공장이 한눈에 들어왔다.

1만 8,900제곱미터5,700여 평의 대지에 23개 동의 공장이 촘촘히 서 있었다.

본부 앞에는 6·25 한국전쟁에 참여한 16개 나라와 국제연합의 국기가 나란히 펄럭이고 있었다.

전쟁의 아픔과 참전국들의 고마움을 잊지 말자는 취지라고 업체 관계자는 귀띔했다.

본부를 통해 4층 높이의 대형근접전계 시험장에 들어서자 먼저 천장 높이에 입이 벌어졌다.

천장 높이는 11미터에 달하고 사방에는 온통 전파흡수체가 촘촘히 박혀 있었다.

레이더는 전파를 내보내 다시 돌아오는 전파를 잡아 적의 위치와 고도 등을 파악한다. 이곳은 바로 레이더를 조립한 후에 한 방향으로 일정하게 전파를 내보내기 위해 일종의 보정 작업이 이뤄지는 곳이다. 보정을 마친 레이더는 바로 옥상으로 이동한다.

레이더체계 종합시험장인 건물 옥상으로 올라갔다.

옥상에는 LIG넥스원의 순수 기술로 제작된 항공기 이착륙 통제레이더, 대포병레이더 저고도레이더가 있었다.

400킬로미터 탐지 능력을 지녀 한반도 전역을 탐지할 수 있는 장거리 레이더도 11미터 높이의 육중한 몸매를 꼿꼿하게 세우고 있었다.

장거리레이더도 400킬로미터 탐지 능력을 시험할 수 있어 국내 최대 규모의 레이더체계 시험장이다. 현재는 표적의 고도, 거리, 방향 등을 모두 탐지할 수 있는 능동위상배열레이더를 개발해 한국형 전투기KF-X에 적용하는 레이더 시스템 등에도 적용할 수 있다.

대한민국을 넘어 세계로

전파반사체 타워가 위치한 제2공장은 철문의 두께만 30센티미터가 족히 넘어 보였고, 강화콘크리트벽은 두께가 60센티미터가 넘어 보였다. 마치 전투기를 보관하는 지상 격납고이글루를 연상케 했다. 이 전무는 "폭발 사고에 대비해 옆 건물에 피해가 없도록 철저히 대비한 것"이라며 "이곳에서는 폭발보다 더 무서운 게 '정전기'"라고 겁을 줬다.

공장 내부에 들어가려면 정전기 체크 장치에서 검사를 받아야 한다. 그뿐 아니라 혹시 모를 정전기를 위해 제전복, 제전화를 착용한 후 동판에 손을 대 정전기를 땅바닥으로 보낸 다음에야 들어갈 수 있었다.

내부에 들어가니 한 발에 20억 원을 호가하는 5미터 길이의 국산 함대함 미사일인 '해성海星' 3발이 모습을 드러냈다.

하얀색으로 도색된 미사일에는 한국 해군이라는 글자가 선명하게 새겨져 있었다.

벽에 붙어 있는 태극기와 잘 어울렸다.

해성은 30킬로미터나 떨어져 있는 소형 어선을 찾아낼 정도로 예민한 '눈'마이크로웨이브 레이더을 갖고 있고, 물 위를 스치듯이 낮게 날아 비행하기 때문에 장거리 크루즈 미사일 개발에도 활용되는 첨단 미사일이다. 1발을 만들어내는 데 3개월이 걸린다.

옆 실험실에는 주황색 해성도 눈에 띄었다. 업체 관계자는 시제품들은 눈에 잘 띄게 하기 위해 주황색으로 칠한다면서 개발을 위해 만든 첫 제품이라고 설명했다.

공장 뒤편으로 나가자 6평 규모의 공간도 보였다. 이곳은 시속 850킬로미터로 날아가는 엔진을 시험하는 곳으로 인공위성에 노출되지 않기 위해 가림막을 설치해 이색적인 풍경을 연출했다.

건물을 빠져나와 본부를 지나가자 '오늘을 넘어 내일을 생각합니다. 대한민국을 넘어 세계를 바라봅니다'라는 구호가 한눈에 들어왔다.

우리가 차세대 군단급 무인항공기 이끈다

한국항공우주산업주식회사

설립일 _ 1999년 12월 14일

대표 _ 하성용

사업내용 _ 항공기, 우주선 및 부품 기획 설계 제조

홈페이지 _ http://www.koreaaero.com

한국군이 무인항공기를 처음 개발한 것은 1978년이다. 당시 무인항공기는 무인표적기 용도로 만들어져 지금까지 사용되고 있다. 이어 탄생한 것은 한국항공우주산업KAI이 개발한 송골매다. 이 개발로 한국은 독자 개발 무인기를 운용하는 세계 10개국 반열에 오를 수 있었다.

KAI는 앞으로 한국군이 보유할 차기 군단급 UAV 체계 개발도 담당한다. 2017년까지 개발을 완료해 2020년쯤 실전 배치할 계획이다. UAV의 역사를 직접 보기 위해 경남 사천에 있는 KAI를 방문했다.

REMOVE BEFORE FLIGHT

파란색 지붕으로 덮여 있는 사천 KAI 공장의 겉모습은 얼핏 보기에 일반 공업단지와 차이점이 없었다.

하지만 공장 안으로 들어서자 한국 최초의 기동헬기 수리온과 KT-1 훈련기가 비행하는 모습이 눈에 들어왔다.

수리온은 지난 2009년 출고 기념식 때보다 밝고 선명했다.

수리온은 최근 새로 디자인한 국방 무늬를 입고 전력화 준비가 다됐다는 듯이 자태를 뽐냈다.

3만 3,000제곱미터1만여 평이 넘는 조립동으로 자리를 옮기자 미국의 공격헬기 아파치의 동체, 그리고 탱크 킬러라고 불리는 A-10 '선더볼트' 날개 생산이 한창이었다. 여기서 만들어진 부품은 곧장 미국으로 보내진다.

필자가 무인항공기는 어디서 볼 수 있는지 묻자 직원은 웃으며 4미터 높이의 벽면으로 둘러싸여 있는 UAV 조립동으로 이끌었다. UAV 조립동은 990제곱미터300평 규모로, 4층 높이의 조립동에 들어와도 이곳을 들여다 볼 수 없었다. '공장 안의 공장'으로 설계된 이유는 핵심 기술 유출을 막기 위해서다. 그만큼 출입 통제도 깐깐했다.

UAV 조립동 안에 들어서자 송골매는 물론 10여 종의 UAV를 한눈에 볼 수 있었다.

그야말로 UAV의 과거와 미래가 한자리에 모여 있는 셈이었다.

가장 먼저 눈에 띈 것은 UAV 조립동 한가운데에 날개를 떼어놓

은 비행체 '반디'였다.

KAI는 지난해부터 약 40억 원을 투입해 4인용 경비행기인 '반디'를 무인화하는 '반디 유무인혼용기' 프로젝트를 진행 중이다. 현재 기체 개조 및 지상 통제 시스템을 완성했고 내년 초 첫 비행을 할 계획이다. KAI는 단순 무인항공기가 아닌 기존 유인항공기를 무인항공기로 전환하는 새로운 시장에 도전하고 있었다.

반디를 둘러싸고 있는 무인기 중 가장 먼저 눈에 들어온 것은 송골매였다.

하지만 기존 모양과 조금 달랐다.

KAI의 강인원 연구원은 "현재 송골매 변형 모델 4가지를 개발했으며 조금씩 장점을 보유하고 있다"고 말했다.

첫 변형 모델인 02호는 날개 끝이 위쪽으로 꺾여 있었다.

웡넷Wing-Net 형식으로 날개는 짧아지지만 공기저항을 없애 연료 효율성을 높였기 때문에 그만큼 작전 시간이 길어졌다. 03호는 발사대를 이용해 이륙하는 형태로 활주로 없이도 작전 수행이 가능했다. 04호는 수출형 애칭인 '나이트 인트루더Night Intruder'라는 글자가 새겨 있었다. 모양 자체도 적의 안테나에 잡히지 않기 위한 스텔스 형태였다. 개량형 모두 전력화되기 전 비행을 위해 10분의 1 정도로 축소된 크기였다.

새로운 수출 산업의 활로를 찾다

국토해양부에서 허가해준 'S-7136' 번호가 새겨져 있는 비행체도 있었다.

이 비행체는 소프트웨어를 검증을 하기 위한 비행체로 4명의 연구원들이 한창 작업 중이었다.

그 옆에는 2가지 모양의 군단급 UAV 2대가 버티고 서 있었다.

송골매와 비슷한 모습이었지만 하나는 수출을 목표로 만들어진 트윈붐형이었다.

앞쪽 주익날개 뒤에 2개의 몸체를 가지고 있는 형태로 접이식 바퀴를 갖고 있었다.

또 하나의 비행체는 실린더형으로, 고고도무인기 글로벌호크처럼 생겼다.

이 비행체가 KAI에서 한국군이 사용할 차기 군단급으로 제시한 모형이었다.

세계적으로 무인항공기 개발에 박차를 가하는 것은 전투기보다

비용이 저렴하고 조종사 양성 교육이 필요 없는 등 이점이 많기 때문이다. 전체 무인기 시장 규모는 10년 후 940억 달러약 104조 원에 이를 것으로 예상돼 수출 전망은 밝다.

UAV 조립동 한쪽 벽면에는 기존에 공개되지 않았던 다양한 UAV가 눈에 들어왔다. 한양대학교와 공동개발한 태양열을 이용한 장기체공형 고고도무인기와 제트엔진을 장착한 무인공격기였다. 전시된 무인공격기의 크기는 날개폭이 2미터가 되지 않아 보였다. 실제 제작될 크기의 20분의 1 크기였다.

한국군이 무인공격기에 거는 기대는 크다. 한미 양국이 한국군이 보유할 UAV 탑재 중량을 500킬로그램에서 최대 2,500킬로그램으로 늘리기로 합의해 방어와 공격용 장비를 탑재할 수 있도록 했기 때문이다.

조립동을 빠져나오자 귀가 멍멍했다. 익숙하지 않은 조립동의 작업 소리 때문이었다. 연구원들의 필자의 방문에도 아랑곳하지 않고 작업에만 몰두했다. 이들은 이렇게 한국의 UAV 신기술을 만들어가는 중이었다. 묵묵히 한국군의 UAV를 이끌고 있는 KAI의 직원들이 자랑스럽다.

전방을 지키는 K-9 자주포의 원천

한화테크윈

설립일 _ 1977년 8월 1일

대표 _ 신현우

사업내용 _ 시큐리티 솔루션, 항공기엔진 & 에너지장비, 반도체장비 등

홈페이지 _ http://www.hanwhatechwin.co.kr

일명 한국형 자주포라고 불리는 K-9은 우리 군의 자존심이다. 한화테크윈 창원공장을 찾았다. 창원공장은 3개 사업장으로 이뤄져 있는데, 이 중 방산장비를 생산하는 곳은 제3사업장이다.

3사업장에는 두산엔진 간판과 한화테크윈 간판이 나란히 걸려 있었다. 한 집 안에 두 가족이 사는 셈이다.

두산엔진의 모체는 삼성중공업이다. 삼성중공업 엔진 부분이 지난 1998년 정부 주도의 빅딜을 통해 HSD 중공업으로 바뀌었고, 이후 두산엔진으로 이름을 변경했다.

두산엔진을 지나자 한화테크윈 간판이 보이기 시작했다.

2010년 11월 23일 연평도. 적막한 섬에 갑자기 소나기 같은 포탄이 떨어지기 시작했다. 곳곳에서는 시커먼 불길이 솟아올랐고, 군인과 민간인들 모두 비명을 지르며 이리저리 뛰었다. 연평도에 주둔한 부대가 맞대응에 나섰지만 이미 민간인을 포함해 4명이 사망했다. 1953년 정전 협정 체결 이후 북한군이 한국 영토를 공격한 사건, 이른바 연평도 도발이다. 연평도 도발에 우리 군이 맞대응을 하는 과정에서 가장 큰 역할을 한 무기가 바로 K-9이다.

결함 0퍼센트에 도전하라

한국 10대 명품 무기에 손꼽히는 K-9의 생산 과정은 크게 용접과 가공, 조립 단계로 나눌 수 있다.

용접 공장은 커다란 항공기가 들어가도 될 만한 공군의 이글루전투기 창고 같은 느낌을 준다.

또 출입문은 20센티미터가 넘는 강철로 만들어져 방문자를 압도하기 충분했다.

입구 한편에는 두꺼운 철판이 놓여 있었다.

이 철판은 K-9 자주포와 탄약을 공급해주는 K-10 탄약이송차의 몸체에 쓰이는 철판이었다.

K-10 탄약이송차는 K-9 자주포 2대에 1대꼴로 붙어 다니는 실과 바늘 관계다. 두 전차의 몸통하부 차체은 똑같은 것은 물론 재질도 고장갑강RHA를 같이 사용한다. 고장갑강은 포스코에서 주문 제작한 것으로, 일반 강철의 4배의 강도를 자랑한다.

하청업체에서 절단해온 2센티미터가량의 철판은 조립식 장난감의 부품처럼 보여 '전차를 만들 수 있을까' 하는 의구심마저 들었다.

하지만 오해였다.

생산라인마다 1.5미터 높이의 담이 설치된 용접공장에서는 재단된 철판을 쇠고리로 일으켜 세워 용접해나가며 전차의 틀을 만들기 시작했다.

용접라인으로 옮기자 가로 6미터, 세로 4미터가량의 강철틀이 4톤의 K-9 포탑을 잡고 공중에서 자유자재로 돌리기 시작했다.

포탑을 고정해 작업하지 않고 들어 올려 작업하는 것은 작업자들의 편의를 위해서였다.

3사업장의 용접 과정은 70퍼센트가 자동으로, 30퍼센트가 수동으로 이루어진다.

용접 과정은 대부분 자동이지만 사람이 꼼꼼히 체크해야 할 부분도 많았다. 그렇게 해야 훨씬 정교하게 제품을 생산할 수 있다. 이 때문에 용접에서만 333항목, 조립에서만 566항목의 검사를 모두 통과할 수 있는 것이다. 결함 0퍼센트에 도전하겠다는 작업자들의 노력은 벽에 붙어 있는 '결함은 지금, 즉시, 끝날 때까지'라는 구호에서도 엿볼 수 있었다.

국토를 지키는 힘의 원천

용접의 흉터가 남아 있는 자주포는 플라노밀러PLANO MILLER라는 대형 가공설비실로 옮겨졌다.

마치 K-9 자주포가 주유소 자동세차장에 들어가 있는 모습이다.

하지만 전차를 품을 수 있는 크기인 만큼 작업 능력도 우수했다.

하루 24시간 쉬지 않고, 연간 290일 가동된다.

가까이서 확인해본 결과, 드릴만 225종을 장착하고 있는 플라노밀러는 우윳빛 절상유를 뿜어내며 전차의 용접 부위를 다듬고 있었다.

이곳에서 전차 내부와 외부가 구석구석 잘 다듬어지면 조립라인으로 옮겨진다. 조립라인을 사람에 비유하면 주요 장기와 혈액을 채워주는 곳이라 할 수 있다. 이 조립라인은 지난 2008년 불필요한 작업 공간을 없애고 생산 과정을 모두 전산화하는 일본 도요타 생산 방식을 도입했다. 덕분에 연간 생산량이 2.5배 늘어나는 것은 물론 모든 과정을 종합상황실에서 지켜볼 수 있어 결함률을 대폭 낮출 수 있었다.

박영일 국방기술품질원 연구원은 "생산 공장이 자동화돼도 품질 관리는 필수 과정"이라며 "연평도를 지키는 힘도 사용자 입장에서 관리하는 품질 검사에서 나온 셈"이라고 말했다.

우리 손으로 자주포를 만들어보겠다고 도전한 지 10여 년. 이제 한국국토방위 선봉에 선 K-9는 당당한 명품 무기로 자리 잡아가고 있다.

미사일방어체계의 미래를 준비한다

한화탈레스

설립일 _ 2000년 1월 11일

대표 _ 장시권

사업내용 _ 해군 전투체계, 다기능레이더, 군 전술/위성통신체계 외

홈페이지 _ www.hanwhathales.com

북한은 어려운 경제 상황 속에서도 핵무기부터 미사일까지 다양한 무기를 개발하고 있다. 하지만 북한의 미사일 개발 속도만큼이나 국내 방산기업들도 미사일방어체계 개발에 발 빠르게 움직이고 있다.

미사일방어체계의 현주소를 보기 위해 한화탈레스의 경기도 용인연구소를 찾았다.

2016년 9월 5일 북한은 3발의 탄도미사일을 발사했다. 군사전문가들은 '스커드' 미사일의 개량형인 '스커드-ER'을 발사한 것으로 추정했다.

당시 제프리 루이스 제임스 마틴 비확산센터 동아시아담당국장은 〈CNN〉 인터뷰에서 "미사일방어 무기체계를 우회하는 가장 쉬운 방법은 방어무기로 막을 수 있는 것보다 더 많은 미사일을 쏘는 일"이라며, 북한의 미사일 도발이 고고도미사일방어체계사드THAAD의 방어 능력을 우회하려는 북한의 실험이었을 가능성이 있다고 평가했다.

최선의 방어는 공격뿐이다!

한화탈레스의 '브레인Brain이'라고 불리는 용인연구소 입구에 들어선 순간 공기의 기운이 달라지는 것이 느껴졌다.

그 어느 군부대 못지않게 경비도 삼엄했다.

핸드폰카메라에는 스티커를 부착했고, 차량의 블랙박스까지 가려야 했다.

연구소 내부를 촬영하는 것은 불가능했다.

산 중턱에 위치한 연구소 건물들은 마치 대학교 연구단지처럼 조용했다.

마중 나온 회사 관계자는 곧장 430미터 높이의 연안봉 꼭대기에 위치해 있는 '철매천궁天弓' 양산시험장으로 안내했다.

첨단무기가 즐비할 것이라고 생각했던 양산시험장 건물은 일반 건물과 차이가 없었다.

오히려 창고 같다는 느낌을 받았다.

Hanwha THALES
"사업보국은 무한대로, 안전사고는 제로화로"

김성태 전문연구원은 "천궁의 핵심은 적의 항공기를 얼마나 빨리, 정확히 식별하느냐"라며 반대편 250미터 전방에 우뚝 서 있는 2개의 비콘Beacon 타워 시설을 손가락으로 가리켰다.

비콘은 양산시험장에 설치된 레이더가 표적을 제대로 인식하는지 확인하기 위해 적 항공기 등 다양한 표적을 전파로 쏘아 보낸다. 비콘 하나는 철매 II 개발과 성능 개량에, 또 하나는 철매 II 양산 시험을 위한 시설이었다.

김 전문연구원은 "철매레이더의 가장 큰 특징은 호크레이더에 비해 탐지 거리가 4배 늘어난 100여 킬로미터로, 동시에 탐지할 수 있는 표적의 수는 40여 배가 늘어난 80여 개"라면서 "나눠 있던 탐지, 추적, 피아식별, 유도탄 유도 기능까지 탑재해 작전 부대의 전개 시간을 대폭 줄였다"고 설명했다.

0.05도의 오차도 없는 레이더

옆 동으로 자리를 옮기자 레이더 실물이 한눈에 들어왔다.

가로 3미터, 세로 10미터 넓이의 레이더 받침대 위에는 안테나, 제어기, 송신기 조립이 한창이었다.

이들의 무게만도 18톤에 이른다.

이들을 조립하기 위해 30미터 높이의 천정에는 35톤 크레인이 조심스럽게 움직였다.

당장 35톤까지는 필요 없지만 추후 더 큰 레이더를 제작하기 위해 국내 레이더 생산업체로서는 최초로 도입했다. 레이더는 조립을 마치면 바로 군용트럭에 탑재될 수 있다.

회사 관계자는 방향탐지시험장으로 필자를 안내했다.

이곳은 레이더를 조립한 후에 전파를 바르게 수집하는지 실험하는 장소다.

방향탐지시험장 안에는 천장 높이만 15미터에 달하는 챔버가 자리 잡았다.

챔버의 안쪽 벽에는 뾰족한 가시가 박힌 듯 전파흡수체가 촘촘히 박혀 있었다.

주변 전파에 방해를 받지 않게 하기 위한 시설이다.

레이더는 전파를 내보내 다시 돌아오는 전파를 잡아 적의 위치와 고도 등을 파악한다.

박싱균 수석연구원은 "민간기업으로는 최초로 80억 원을 투자해 설치했다"라며 "전파 방향에 0.05도의 오차라도 있어서는 안되는 민감한 작업을 수행하는 시설"이라고 설명했다.

한화탈레스는 최근 양산이 완료된 F-16 전투기의 전자정보수집 장치도 개발을 마친 바 있다. 탈부착이 가능한 전자정보수집장치를 F-16 전투기에 장착하면 서울 상공에서 평양 인근 지상레이더의 위치를 정확히 탐지할 수 있다.

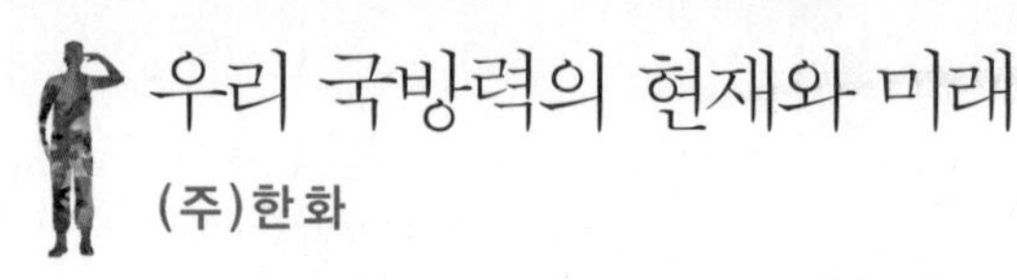

우리 국방력의 현재와 미래

(주)한화

설립일 _ 1952년 10월 9일

대표 _ 이태종

사업내용 _ 정밀유도무기체계, 정밀탄약체계, 수중센서, 우주발사체 핵심구성품 등

홈페이지 _ http://www.hanwha.co.kr

2010년 11월 23일 오후 2시 34분, 서해 북방한계선NLL 바로 남쪽에 있는 대연평도에 폭음이 울려 퍼졌다. 북한이 포격 도발을 일으킨 것이다. 우리 군은 연평도 포격 도발 이후 이런 사태를 대비해 서해 5도에 '비장의 무기'를 배치해두었다. 바로 차기 다련장로켓인 '천무'다.

천무는 사거리만 80킬로미터에 달한다. 북한이 보유한 170밀리미터 자주포와 240밀리미터 방사포의 최대 사거리보다 30킬로미터 이상 먼 거리를 타격할 수 있다.

한반도의 화약고라 불리는 서해 도서를 지키고 있는 천무의 생산 과정을 보기 위해 (주)한화 구미사업장을 찾았다.

1974년 방위산업체로 지정된 이래 (주)한화는 지금까지 신뢰성 높은 정밀유도무기체계, 정밀탄약체계에 연구개발 역량을 집중하고 있다.

군 전력을 지탱하는 섬세함

구미사업장을 찾기 위해 기차에 올라탔을 때만 해도 날씨 예보는 좋지 않았다. 하지만 2시간을 달려간 김천구미역에 도착하자 맑은 날씨가 필자를 반겨주었다. 차량을 타고 30분간 이동해 (주)한화 구미사업장에 인근에 도착했다. 마치 자로 그린 듯 반듯한 도로와 건물들이 늘어서 있었다. 1970년대 박정희 대통령이 경제개발 5개년계획을 세워 전자·반도체 산업을 육성하면서 설립한 국가산업단지 모습 그대로였다.

2만 8,000평 규모의 구미사업장에 들어서자 파란색 조립동들이 한눈에 들어왔다.

겉모습만 봐서는 산업단지 안에 있는 다른 공장들과 크게 다를 것이 없었다.

회사 관계자의 안내를 받으며 처음 방문한 곳은 조립공실이었다.

15미터 길이의 라인 8개에서는 직원 100여 명이 앉아 조용히 작업에 몰두하고 있었다.

탄약을 폭발시키는 '뇌'의 역할을 하는 신관을 조립하는 공정이었다.

생산라인에서 무엇인가 열중하고 있는 직원에게 다가가니 제대로 보이지도 않는 미세한 부품을 핀셋으로 조심스럽게 집고 있었다.

부품 하나의 크기는 약 5밀리미터 정도였다.

손목시계에 들어가는 톱니바퀴를 조립하듯 조심스럽게 작업하고 있어 말을 붙이기조차 힘들었다.

회사 관계자는 "신관은 충격신관, 조립신관, 시한신관으로 나뉘

며 시계와 같은 원리로 언제 폭발시킬지 결정해주는 역할을 하기 때문에 시계를 조립할 때처럼 정밀함을 요구한다"고 말했다. 화약 성능이 우수해도 결국 화약을 폭발을 유도하는 신관이 불량이 경우 불발탄이 나올 수밖에 없다는 것이다.

구미사업장은 50여 가지 폭약의 신관을 생산할 수 있는 시설을 갖췄다. 방문한 이날 구미사업장은 150밀리미터, 155밀리미터 탄과 K-9 자주포탄을 한창 생산하고 있었다. (주)한화가 주력 생산하고 있는 천무의 신관을 보기 위해 화공조립동으로 향했다.

기대와 달리 천무 신관 조립동은 조용한 독서실 같은 분위기였다. 그럴 만도 한 것이 전 시설이 자동화였기 때문이다. 천무 신관을 조립하는 조립 시설은 13단계 조립 과정을 모두 소화했다. 조립 과정이 모두 자동이다 보니 진자파를 모두 없애기 위해 복도에는 직원들이 핸드폰을 휴대할 수 없어 복도에 진열해놓았다.

조립을 마친 천무 신관은 모두 엑스레이실로 옮겨졌다. 생산품 모두 하나하나 신관 내부를 검사해 불발률을 줄이기 위해서다. 엑스레이실을 들여다보았다. 직원들은 계란판에 놓인 황금알을 만지듯 황금색 신관을 조심스럽게 엑스레이 검색대로 옮겼다. 실시간으로 영상을 볼 수 있는 엑스레이 촬영 기계는 모든 탄의 엑스레이 결과를 저장한다고 회사 관계자는 귀띔했다.

신관의 모든 공정은 섬세함 그 자체였다. 잘 짜인 산업도시의 중심에서 서 있는 신관조립공장동은 우리 군의 전력을 자로 잰 듯 섬세하게 전력화를 시켜줄 것이란 믿음을 만들어주었다.

서해를 지키는 비장의 무기, 천무

'천무'는 2009년부터 2013년까지 5년간 1,314억 원을 투입해 개발한 차세대 포병 주력 무기이다. 사거리는 기존 다연장로켓 '구룡130밀리미터 무유도탄'보다 2배 이상 늘어 80여 킬로미터에 이른다. 한국군 포병 전력 중 사거리가 가장 긴 K-9 자주포155밀리미터의 최대 사거리가 40킬로미터인 점을 감안하면 육군 포병 전력의 사거리가 2배로 늘어나는 셈이다.

차량에 탑재한 이동식 발사대와 탄약 운반차로 구성된 천무는 하나의 발사대에 유도로켓과 무유도로켓 등 다양한 로켓탄을 장착해 발사할 수 있는 다용도 포병 무기체계다. 빠른 속도로 이동하면서 발사 차량에 탑재된 다양한 로켓탄을 발사해 짧은 시간에 축구장 3배 면적을 단숨에 초토화할 수 있다.

소형무장헬기LAH 장착용 공대지 유도탄인 '천검'도 곧 선보일 예정이다. 천검은 (주)한화가 2015년 12월 획득한 개발 사업으로, 미국의 '헬파이어 미사일'처럼 적 전차를 정밀타격하기 위한 무기체계다. 국내 최초의 유인항공 플랫폼 탑재용 유도무기로 1,500억 원을 투자해 2022년 개발이 완료된 후 2023년부터 양산될 것으로 예상된다.

영국의 군사연감인 『제인연감』에 따르면 35킬로그램 무게의 천검은 소형무장헬기에 장착되며 사거리는 약 8킬로미터이다. 특히 데이터 링크를 활용해 발사 후 목표를 바꿀 수도 있으며 AH-64E 아파치 가디언과 연계하여 교전을 할 수도 있다.

광케이블의 국산화를 이끈다

연합정밀

설립일 _ 1980년 6월 2일

대표 _ 김인술

사업내용 _ 통신장비 및 부품(케이블조립체, 커넥터, 통신장비부품)

홈페이지 _ https://www.yeonhab.com

우리 군은 5조 원 규모의 군 전술정보통신체계TICN 사업을 시작했다. 음성 위주의 아날로그 방식의 군 통신망을 대용량 정보 유통이 가능한 디지털 방식의 통신망으로 대체하기 위해서다.

TICN 사업은 망 관리 교환체계, 대용량 무선전송체계, 소용량 무선전송체계, 전술이동통신체계, 전투무선체계 등의 분야로 이루어져 있다.

TICN의 핵심은 정보를 얼마나 빨리, 얼마나 많이 전송하느냐다. 이를 위해서는 광케이블이 핵심 부품이다. 광케이블의 현주소는 충남 천안에 위치한 연합정밀에서 확인할 수 있었다.

21세기 통신 분야의 선두주자

12개 동으로 이루어진 연합정밀 본사 입구에 들어서면 그동안 쌓아온 노하우를 한눈에 볼 수 있다. 본관 2층에 올라가는 계단에는 전차에 탑재되는 인터컴intercom 통신장비, 전자파EMI 차폐 케이블, 커넥터 등이 진열되어 있었다. 최근 프랑스 사셈SASEM 사와 절충교역을 통해 품질을 인증 받은 케이블 조립체도 눈에 들어왔다.

김용수 연합정밀 사장은 "1980년 창업 당시부터 국산화가 목표였다"면서 "함정과 궤도 차량, 안테나 등에 사용되는 케이블 조립체와 커넥터는 물론 상호통화기 세트, 유무선 통신장비 등 6만 8,000여 종의 품목을 자체 생산하고 있다"고 설명했다.

연합정밀의 주력 상품인 광케이블을 보기 위해 생산실로 자리를 옮겼다.

언뜻 보기에는 일반 공장과 다를 것이 없었다.

오히려 20평 공간에 6명의 직원이 아무 말 없이 무엇인가에 집중하고 있어 의아했다.

유심히 보니 일반 케이블이 아닌 광케이블이었다.

케이블을 서로 연결하는 커넥터의 렌즈를 조심스럽게 조립하고 있었다.

광케이블은 연결 커넥터 안의 렌즈 숫자에 따라 채널수를 구분한다. 8개의 렌즈가 삽입되면 8채널 광케이블이라고 부른다. 군 장병이 촬영한 영상과 사진, 음성신호는 모두 케이블을 연결하는 커넥터 안의 렌즈를 통해 전송된다. 정보 전송의 속도와 용량은 일반 케이블의 100배가 넘는 성능을 발휘한다.

연합정밀 기술연구소

핵심 기술력 선점을 통한 경쟁력 확보

연합정밀은 군 통신체계에 들어갈 8채널 광케이블을 2015년도에 처음 개발했다. 현재 군에서 추진하고 있는 TICN에 4만 개, C4I에 3,000개가량을 납품하고 있다.

일반 광커넥터는 연결 부위에 먼지가 들어가면 전송되지 않지만, 렌즈형 광커넥터는 렌즈만 세척해도 재사용이 가능하기 때문에 경제적이다.

선진국에서 통신체계에 광케이블을 선호하는 것도 이 때문이다. 회사 관계자는 "국내외 광케이블의 가격은 기술력을 바탕으로 70퍼센트 수준으로 낮춰 경쟁력을 갖출 수 있었다"며 "해외 수출 유력 품목으로 손꼽힌다"고 설명했다.

연합정밀은 케이블의 시험 평가를 위해 품질검사장비 47개, 제품시험장비 64개를 자체 개발했다. 국내는 시험 평가를 할 수 있는 장비가 없어 잠수함용 케이블 시험 장비도 직접 도입했다. 잠수함용 케이블을 가로, 세로 2미터 크기의 시험 장비에 담아 600미터 수심을 구현했다. 잠항한 잠수함이 수면 위의 부대와 연락하기 위해서는 모든 통신체계의 내구성을 보장받아야 하기 때문이다.

공장을 둘러보고 본관 2층을 내려오는 길에 진열된 케이블을 다시 보니 국내 방산기업들의 제품 국산화에 대한 자부심이 느껴졌다.

군 무전 '광대역 LTE 시대'를 열다

휴니드테크놀로지

설립일 _ 1968년 12월

대표 _ 신종석

사업내용 _ 군 전술 통신장비, 사격통제장비, 항공전자 시스템 등

홈페이지 _ http://www.huneed.com

휴니드의 핵심 생산 품목은 사격통제장비FCS, 군전술통신체계, 전술정보통신체계TICN이다.

휴니드의 품질 유지 비결은 여러 곳에서 엿볼 수 있었다. 생산 직원들은 복잡한 도면을 보면서 케이블을 만드는 방식과 달리 컴퓨터 모니터 속의 실제 사진과 비교하면서 점검해갔다. 이것도 모자라 하나의 케이블을 완성하기 전까지 10단계 이상의 중간 점검을 거쳐 불량률 0퍼센트를 유지하고 있었다.

휴니드는 전 직원의 70퍼센트가량이 연구개발 인력이다. 방산 수출 등 해마다 회사 매출이 늘어날 것으로 기대하는 것도 연구개발의 결실 덕분이다.

Huneed Technologies

현대인에게 휴대폰은 의사소통을 위한 기본 도구를 넘어 음성 전달에서 데이터 송수신, 생활 관리를 하는 도구로 발전했다. 모두 광통신망이 발달하면서 가능해진 것이다.

그렇다면 광통신망의 국내 시초는 무엇일까? 역사학자들은 군사용으로 사용한 '봉수대'를 광통신의 기원으로 평가한다. 우리 민족은 삼국시대부터 전국 높은 산에 봉수대를 설치해 적의 침입과 전황을 알렸다. 낮에는 연기로, 밤에는 불로 의사를 전달했다. 현대전에서도 정보 전달과 소통은 작전의 성패를 좌우할 만큼 중요하다.

승리의 핵심은 통신이다

휴니드 본사 입구에 들어서자 순간 잘못 찾아온 것이 아닌가 하는 생각이 들었다.

통유리로 디자인한 3층 건물이 마치 박물관이나 미술관처럼 보였기 때문이다.

안내 직원은 건물 디자인 때문에 종종 드라마 촬영 장소로도 사용된다고 일러주었다.

건물 내부로 들어서자 외부에서 느꼈던 분위기와 달리 보안이 삼엄했다.

신분증 확인, 인가 등 절차도 복잡했다.

그제야 방산기업에 들어선 것을 체감했다.

건물 1층 전시실에는 휴니드의 역사를 한눈에 볼 수 있는 군 통신장비가 나열돼 있었다.

회사 관계자는 전시장 가운데 서 있는 사격통제장비FCS를 가리키며 "휴니드의 자랑거리"라고 설명했다. 함정에 설치하는 FCS는 함포의 명중률을 높여준다. FCS가 개발되기 전까지만 해도 사람이 직접 함포의 각도를 바꾸고 함포를 발사했다. 하지만 바람의 세기, 파

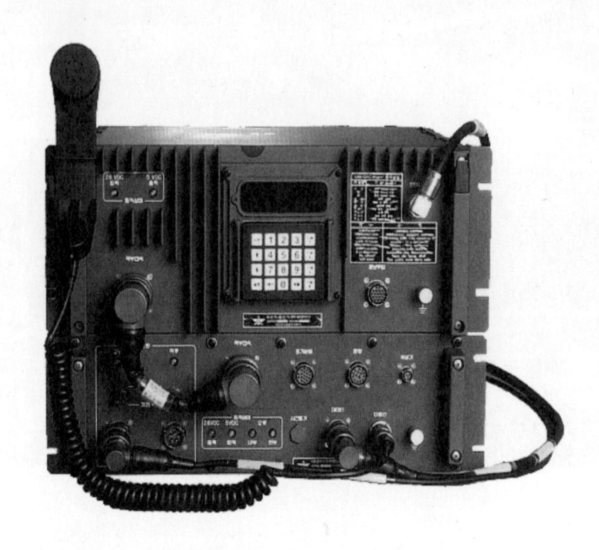

도 높이, 함정의 속도 등은 계산하지 못해 명중률은 떨어졌다.

함정에 장착된 FCS는 해상 환경을 고려해 함포를 자동 정조준할 수 있게 만들어준다. 명중률이 높아지면서 탄을 아낄 뿐 아니라 작전 효율성도 높아졌다. 이 때문에 해군은 물론 해양경찰청에서도 FCS를 도입했고 현재는 휴니드가 독점 납품하고 있다.

극초단파UHF 다중채널 무전기도 눈에 띄었다. 50센티미터 크기의 UHF는 이동하는 전화국 역할을 한다. UHF를 통해 통신병들은 FM과 AM 무전기로 의사소통을 하게 된다.

고장은 국방력의 손실로 이어진다

건물 오른쪽에 위치한 1층 공장 내부에 들어서자 20여 명의 직원들이 무전기를 조립하는 데 여념이 없었다.

필자가 직원들의 빠른 손놀림을 보며 "자동화는 불가능하냐"라고 질문하자, 회사 관계자는 "주문 물량이 적은 탓도 있지만 방산장비는 고장을 용납하지 않아 수작업을 통해 꼼꼼히 살펴봐야 한다"고 말했다.

휴니드는 TICN 중 대용량 무선전송체계HCTRS 개발을 담당하고 있다. HCTRS가 개발되면 각 군 장병들은 적군의 동향을 동영상 등으로 주고받을 수 있다. 그동안 2G폰을 사용했던 전송 속도도 앞으로는 광대역 LTE 통신이 가능해질 정도로 빨라진다.

생산라인을 빠져나오자 실험실도 보였다.

이곳에서는 2미터 크기의 다양한 실험 장비가 가동되고 있었다.

무전기에 대한 충격과 온도 등 10여 가지 실험이 진행 중이었다.

차량 안에 다른 장비와 전파가 교란되지 않기 위한 전자파EMI 실험도 진행 중이었다.

2층으로 올라가자 휴니드의 기술력을 엿볼 수 있는 장비가 눈에 들어왔다. 바로 우리 공군의 주력 전투기인 F-15K의 케이블 부품과 조종석의 전자 항공 장비였다. 전투기에 사용되는 케이블을 민수용으로 대체할 수는 없었다. 전투기 케이블은 마하의 속도를 견뎌내는 등 내구성이 좋아야 하기 때문이다. 특히 지상 무기는 제자리에서 세우고 고치면 되지만 전투기에 문제가 생기면 바로 전투기의 추락으로 이어질 수밖에 없다.

휴니드는 IAI, 레이시온 등 해외의 방산기업과 손잡고 있다. 휴니드는 전 세계에 보급된 F-15 전투기의 케이블 등 부품 30퍼센트를 독점 생산하고 있다. 품질검사 담당자를 현지 생산 공장에 파견해 상주시킬 정도로 품질관리에 깐깐하다고 소문난 미국의 보잉 사가 부품 생산을 맡기는 것만 봐도 휴니드의 기술력을 눈치 챌 수 있다.

생산라인에서는 한 직원이 전선 500가닥을 풀어헤치고 케이블을 만들고 있었다.

여러 가닥의 전선을 보는 것만 해도 눈이 휘둥그레졌다.

생산 직원은 말을 건넬 수 없을 정도로 집중하고 있었다.

케이블의 전선 가닥이 하나라도 제 위치에 없다면 전투기에 치명적인 결함이 발생할 수 있기 때문이다.

건물 밖으로 빠져나왔다. 건물 외관의 유리에 비친 여름 햇살은 뜨거웠다. 하지만 건물 안 직원들의 열기에 비하면 비교할 바가 아

니었다. 3년 전 인천 송도에 자리 잡은 휴니드가 빠른 시간 내에 명품 방산기업으로 자리를 잡을 수 있었던 이유를 어렵지 않게 느낄 수 있었다.

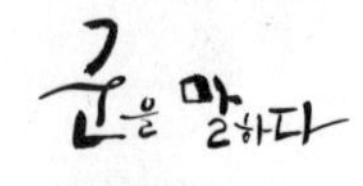

별책부록

초판 1쇄 | 2016년 9월 23일

지은이 | **양낙규**
펴낸이 | **정미화** 기획편집 | **정미화 정일웅** 디자인 | **김현철**
경영총괄 | **유길상** 콘텐츠지원 | **EK티쳐 (주)굿지앤**
펴낸곳 | **(주)이케이북** 출판등록 | **제2013-000020호**
주소 | **서울시 관악구 신원로 35, 913호**
전화 | **02-2038-3419** 팩스 | **0505-320-1010**
홈페이지 | **ekbook.co.kr** 전자우편 | **ekbooks@naver.com**

ISBN 979-11-86222-09-6 03810

* 이 도서의 국립중앙도서관 출판예정도서목록(CIP)은 서지정보유통지원시스템 홈페이지 (http://seoji.nl.go.kr)와 국가자료공동목록시스템(http://www.nl.go.kr/kolisnet)에서 이용하실 수 있습니다.(CIP제어번호: CIP2016022507)